KB260641

송홍만 제15시집

새어 나오는 웃음

국립중앙도서관 출판시도서목록(CIP)

새어 나오는 웃음 : 송홍만 제15시집 / 송홍만. -- 서울 : 한누리
미디어, 2011
  p. ;   cm

ISBN 978-89-7969-405-5 03810 : ₩8000

한국현대시[韓國現代詩]

811.62-KDC5
895.715-DDC21   CIP2011005075

송홍만 제15시집

새어 나오는 웃음

새어 나오는 웃음

송홍만 제15시집

한누리미디어

책 머리에

뇌졸중이라는 부르지 아니한 손님이 찾아와
가고 싶은 곳 가지 못하고
찾아온 손님과 한 발짝 한 발짝 지팡이 짚고 걸으며
옛 분의 말씀, 스쳐가는 이야기를 적었습니다.

"전하여 오는 것을 이어받아 썼을 뿐, 새로 짓지는 못하였으며,
옛 것을 믿고 좋아했다(述而不作 信而好古)." (논어 술이편)

이 친구가 좋아하는 것과 싫어하는 것을 알게 되었으니,
곧 떠날 겁니다.

이 시집을 읽으시는 여러분, 항상 건강하시길 바랍니다.
엮어주신 한누리미디어 김재엽 사장님께 감사드립니다.
감사합니다.

2011. 12. 1.

송 홍 만 올림

차례

환하게 웃는 날

그믐달을 보며

차례

목련을 바라보며

내려놓아야겠다

차례

귀뚜라미 노래 소리

이 또한 지나가리라

제1부
환하게 웃는 날

환하게 웃는 날

창문 뒤덮은 담쟁이 잎사귀
살짝 웃는 너만을 지켜 본 지
달포가 다 되어간다.

참기 힘든 고통의 밤 지나고 이른 아침 되면
조금씩 더 웃어 주는 한결같은 고마운 마음
세상 따라 떠나간 빈자리를 지켜 준다.

너는 나를 알기에 몸 태워 곱게 물들고
나는 너에게 말할 수 없는 속내를 들려주며
우리 두 손 잡고 환하게 웃는 날 기다린다.

(2010. 11. 3)

그냥 떠나간 것만은 아니구나

간밤에 몰아친 뇌성벽력(雷聲霹靂) 비바람에
창문 곱게 물들이는 담쟁이 잎 다 떠나고
한 잎 달랑 햇빛에 곱게 웃는다.

아쉬움 남긴 채 떨어져 나간 자리에
새 봄을 머금은 새파란 몽우리
그냥 떠나간 것만은 아니구나

우리네 사는 것
구름 한 조각
그냥 흔적 없이 사라져 가는데.

(2010. 11. 12)

원망과 불평을 듣고서야

시간마다 잠이 깨는 아픈 밤,
원망과 불평을 새벽 내내 토해냈다.
"천지만물을 지으셨다는 분이 어찌 이리도 잔인(殘忍)한가
지음 받은 우리도 이쯤이면 측은(惻隱)하여 치료해 주련만."

괴롭고 어두운 저녁이 지나고
아침이 되어 걷는 연습을 하는데
네발 달린 무거운 지팡이 놓고,
가벼운 지팡이로도 쉽게 걸었다.

원망과 불평을 듣고서야
치료의 손을 써 주시는 것인가
출애굽하며 늘어놓은 원망* 떠올라
깊으신 뜻 헤아리지 못함이 민망스럽구나

(2010. 11. 24)

* 이스라엘 백성의 원망 : 출애굽기 16장 1절에서 3절 말씀, 민수기 20장 3절에서 5절 말씀

아픔을 생각해 본다

아픔을 알고 있는 사람은
아무도 없다.

아파 보지 못한 사람은
전문의사라 해도 아픔을 모를 것이다.

아팠던 사람도 아픔을 모른다.
아팠던 기억을 쉽게 잊었기 때문이다.

아픈 사람도 아픔을 모른다.
너무도 아프기 때문이다.

(2010. 12. 1)

간직한 이야기 타래

광교산 가는 길가에서 지팡이 짚고 걷는 연습하다가
들국화 한 가지 품고 돌아와 물 채운 유리잔에 꽂았다.

시들고 있는 꽃이건만
고이 간직한 향기를 내어놓는다.

한두 번쯤 너를 만났을 올 가을 내내
아픔 속에 이 길을 지나지 못했단다.

너는 기다림에 시들어 가고
나는 아픔에 시들어 가는구나

오늘 밤 너와 나
간직한 이야기 타래 풀어 보자.

(2010. 12. 2)

일기예보가 무섭다

이맘때면 우리 할머니 이른 아침 두 손 잡으시며
"간밤에 까막까치 다 얼어 죽었다. 나가 놀지 말아라."
그냥 듣기만 했다.

한참 자라 일하며 살아오는 동안
사람들이 춥다고 하면
추우면 추운 대로, 더우면 더운 대로 살았다.

당뇨, 뇌졸중 앓다 보니
"올 들어 가장 추운 한파가 온다"
일기예보가 무섭다.

(2010. 12. 13)

기다림

기다림은 믿음이다.
아픔을 참는 것은
말할 수 없는 기다림이다.

뇌(腦)가 갑자기(卒) 타격을 맞아(中)
오른쪽 뇌혈관이 막혀 왼쪽 발끝이 불편해 걷지를 못하는
'뇌졸중(腦卒中)'

"우리가 보지 못하는 것을 바라면
참음으로 기다릴지니라."*

나뭇잎 곱게 물들면 낫겠지 했는데 그냥 웃고만 떠나가고
둥근 달 돌아오면 쉽게 걷겠지 했는데 다시 이그러지고
이제는 목련 꽃 봉우리 바라보며 걷는다.

(2010. 12. 22)

* 로마서 8장 25절

큰 기쁨의 좋은 소식

"무서워하지 말라.
보라 내가 온 백성에게 미칠
큰 기쁨의 좋은 소식을 너희에게 전하노라."*

지팡이 짚고 아픈 왼발을 끌며
이른 새벽 방안을 생각도 없이 말도 없이
먼 하늘 바라며 걷는다.

이 새벽 찾아오신 임
이 아픔에서 구하여 주실 줄 믿고
기뻐 찬송하며 걷는다.

(2010. 12. 25)

* 누가복음 2장 10절 말씀

느낌표(!)

내일 모레면 첫돌 맞는
외손녀 연희는 느낌표(!).

어린이 집 선생님, 교회 영아부 선생님도
감정(感情)을 정확히 표현한단다.

외할아버지 외할머니 이모
각기 다른 의미의 웃음으로 안긴다.

나는 들려주고,
너는 보여주니

아주 오랜만에
새벽 이슬을 굴린다.

(2011. 1. 2)

아픈 만큼 낫는다

지음 받은 우리 몸 보고 만든 자동차
한쪽으로 운전대(핸들) 돌렸다 놓으면 제자리로 돌아오듯
내 왼발 펴지 못함도 참고 기다리면 나을 것 믿건만

성급한 마음 순간순간 몰려오고
나아지는 모습은 보일 듯 말 듯
원망은 불결같이 치솟는다.

그러나, 아픈 만큼 낫는다.
지팡이 의지하고 걷다가, 짚고 걸으며
끌고 걷기도 하고, 지팡이 들고 걷기도 하리라.

내 할 일은 걷기만 하면 된다
틈만 있으면, 아무 생각 말고 걸으며
믿음대로 참고 기다리면 되는 것이다.

(2011. 1. 6)

남의 눈초리

뇌졸중으로 지팡이 짚고 다니자니
"무슨 죄를 졌기에 저런 벌을 받는 것인가."
남의 눈초리 따가워 다닐 수가 없다.

"누구나 늙으면 아니 오리라 장담 못하는 것이라 생각해"
"반듯하게 살아온 사람이 무슨 소리야
가벼운 신호 다행이라 여겨"

"날 때부터 맹인 된 사람이나,
그 부모의 죄로 인한 것이 아니라
하나님이 하시는 일을 나타내고자 하심이라."*1

"더 심한 것이 생기지 않게 다시는 죄를 범하지 말라."*2
"작은 자야, 네 죄 사함을 받았느니라."*3
그러하나이다. 나의 죄 때문입니다.

(2011. 1. 10)

*1 : 요한복음 9장 3절
*2 : 요한복음 5장 14절
*3 : 마태복음 9장 2절, 마가복음 2장 5절

모르면 약이요

뇌졸중(腦卒中)이라며
집중관리실(중환자실) 거쳐 일반병실에서 며칠 지나
퇴원하여 집에서 약 복용을 하라기에
며칠 지나면 되겠지

식자우환(識者憂患)
모르면 약이요, 아는 게 병이라더니
넉 달이 지났는데도 편하게 걸을 수 없다.
처음부터 알았더라면 견딜 수 없을 것이다.

(2011. 1. 15)

정성스런 손길

우리 동네 작은 교회[*1] 십자가에는
이른 새벽 정한 시간에 불을 키고 끈다.
어느 누구의 정성스런 손길일까

먼 타향 냉방에서 잠 못 이루고 뛰쳐나와
새벽길을 걷다가 줄 당겨 종을 치는 손길이
보잘것없는 나에게 강한 용기를 주었다.

어디서나 뗑그렁, 뗑그렁 종소리 들리면
삶에 힘든 마음이 편안해지며
굽히지 않는 강한 힘이 샘솟곤 했다.

오늘은 정성스런 손길로 켜진 저 불빛이
병마를 물리치려는 싸움의 고통을 견디라며
"내가 너를 굳세게 하리라."[*2] 들려주신다.

(2011. 1. 19)

*1 : 대한 기독교 나사렛성결회 영화교회
*2 : 이사야 41장 10절 말씀 중

성엣장을 보며

누에 섬*이 보이는 바닷가에서
성엣장 유빙(流氷)을 보며 지팡이 짚고 걸었다.

말리시는 어른들 몰래 산모퉁이 돌아가면
마을 앞 바다에 밀려온 성엣장 가득했다.

또래들과 가까이 달려가면
성엣장 틈에서 매에 쫓긴 꿩이 날아가곤 했다.

때로는 물위 성엣장에 올라
막대기로 노 저으며 놀기도 했다.

어른들은 왜 그리도 말리셨는지
나이 들고 병 나서 약해지니 알 것 같다.

(2011. 1. 21)

* 누에 섬 : 안산 대부도에 있음

가요무대를 보고 들으며

늦은 밤 흘러간 노래와 사연이 이어지는
'가요무대' *를 보고 들으며 울고 웃는다.

부르지도 듣지도 못하는 음치(音癡)가
한 곡, 또 한 곡 보고 듣는 사이에
고향, 어머님, 그리움, 아쉬움, 기쁨, 즐거움, 슬픔…

살아온 굽이마다 감기고 걸린
서글픈 사연, 즐거운 이야기
절절이 몸과 마음에 휘감긴다.

그리움으로 이어지는 깊은 밤
찬란한 태양이 솟아오르는 아침
새로운 걸음을 걸어가자.

(2011. 1. 24)

* 가요무대 : KBS TV 매주 월요일 저녁 프로그램임

햇빛 든 창가에 앉아서

두툼한 옷 입었어도 등허리까지 싸늘한 날씨
병원, 은행 두루 볼일 보고 돌아왔다.

따뜻한 방, 햇빛 든 창가에 앉아서
할머니 품에 안긴 어린 시절 돌아본다.

"춥다고 양지쪽에 앉아 있다가 얼어 죽었단다."
잡은 손 놓으시며 당부하셨다.

또래들과 산모퉁이 돌아 양지쪽에 앉아 놀다가도
먼저 서둘러 집으로 돌아왔다.

살아오는 길에서도 편안한 곳에 머물지 않고
서둘러 여기까지 왔나 보다.

(2011. 1. 26)

제**2**부

그믐달을 보며

어디쯤 오고 있을까

햇빛 가득한 한낮 방안에서
오늘도 발짝 수 헤아리며 걷는다.

햇빛을 안고 걸으면 품안이 따뜻하고
등지고 걸으면 등허리가 포근하다.

추워서 꼬부린 왼발 발가락들이
방바닥 따끈하여 부채처럼 펴진다.

이리도 길고 지루한 추위 오늘이 고비라니
그 좋은 따뜻한 봄은 어디쯤 오고 있을까

(2011. 1. 30)

그믐달을 보며

고통스런 어둔 밤 아직 남은 동쪽 하늘에
마음 속 지녀온 그리움의 그믐달 정겹다.

초승달은 해님 바짝 따라다니다가
해넘이 서쪽 하늘에 수(繡)를 놓고

그믐달은 해님 앞질러 다니다가
해돋이 동쪽 하늘에 시(詩)를 쓴다.

초승달은 저녁노을 못 잊는 시인(詩人)이 만나고
그믐달은 새벽 길 걷는 노인(老人)이 만난다.

초승달은 밤새도록 고운 꿈 심어주고
그믐달은 진종일 기쁜 마음 가꿔준다.

(2011. 1. 31-음 섣달 스무 여드레)

설날

설날*이면 서울 간 형님 누나 집에 와서
이른 새벽부터 떠들썩하다.

손꼽아 기다린 다섯 살
할머니는 설빔을 입혀줬다.

"할머니, 왜 설이야" 했더니
"나이 먹는 게 서러워 설이란다."

할머니가 알려주신 것보다 더 좋은 답은
아직 듣지 못했다.

(2011. 2. 2—음 섣달 그믐)

*설날 : 정월 초하룻날. 줄여서 설이라고도 함.
 한문으로는 원단(元旦) 원일(元日) 신원(新元) 세수(歲首) 연수(年首) 신일(愼日)로 쓰고 있
 으나, 우리 말인 '설' 은 '낯설다' '시작하다' '삼가다' '섧다' (서럽다)에서 생긴 말.

어머님의 생전 소망

설날인데 구제역(口蹄疫) 예방으로 차례를 올리러 가질 못하고
멀리서 한봉산[*1](漢峰山) 바라보며 바닷가를 걷다가 돌아왔다.

평생을 길쌈하시다 여든 다섯에 돌아가신
어머님[*2]의 생전의 소망이 들려온다.

"자식들 제삿날 오는 길 밝게 달 밝은 날,
고통 없이 잠자듯이 가고 싶다."

텔레비전 방송을 끝나도록 보시고 오월 열엿새 날 새벽
옆에 주무시던 아버지도 모르시게 가셨다.

(2011. 2. 3—정월 초하루)

*1 : 한봉산—내 고향 뒷동산(해발 60m)
*2 : 어머님—이금선(李수善) 1896. 음 1. 1~1980. 6. 28(음 5. 16)

내 모습 그대로라

아들 장성하여 하는 일 더러는 노여워
곰곰이 생각해 보니 내 모습 그대로라.

내가 효도하지 아니하면 자식이 어찌 효도하랴.[*1]
오이를 심으면 오이를 얻는다 종과득과(種瓜得瓜)라 했지

자식을 근실히 징계하여 사랑하거나[*2]
주의 교훈과 훈계로 양육[*3] 아니 하였나 보다.

태어나기 전의 일이라 보지도 듣지도 못했건만
어버이를 노엽게 해 드린 내 모습 그대로라.

(2011. 2. 7)

*1 : 孝於親 子亦孝之 身旣不孝 子何孝焉(효어친 자역효지 신기불효 자하효언)
　　어버이에게 효도하면 자식 또한 나에게 효도하고, 어버이에게 효도하지 않는다면 자식이
　　어찌 나에게 효도하겠는가(명심보감 효행편)
*2 : 잠언 13장 24절 말씀
*3 : 에베소서 6장 4절 말씀

꿈은 아름답다

꿈은
이루어진 것보다 아름답다.

흰 뭉게구름 올라앉고 싶은 꿈
비행기 타고 구름 위를 날아 보라.

높은 산을 올라 사방 둘러보고픈 꿈
땀 흘려 정상에 올라 보라.

초급에서 간부로의 승진 후의 꿈
그 자리에 앉아 보라.

꿈은 아름답기에
품고 있으면 기쁘고 즐겁다.

(2011. 2. 9)

말씀과 찬송을 몰랐으면

말씀과 찬송을 몰랐으면
굳어지고 무거워지는 왼발 한 발짝 한 발짝
나 어찌 아프고 외로운 길 걸어 고개고개 넘고 있을까

"두려워하지 말라. 내가 너와 함께 함이라."*¹
"무엇이든지 기도하고 구하는 것은 받은 줄로 믿으라.
그리하면 너희에게 그대로 되리라."*²
"주여 나의 병든 몸을 지금 고쳐 주소서."*³
"나로 하여금 모든 고난을 참게 하시며"*⁴
"장래에도 내 앞에 험산 준령 만날 때 도우소서."*⁵

은혜로다 은혜로다.
과분(過分)한 은혜로다.
말씀 찬송 눈물겹도록 감사로다.

(2011. 2. 14)

*1 : 이사야 41장 10절 말씀　　*2 : 마가복음 11장 24절 말씀
*3 : 찬송가 471장 가사 중　　*4 : 찬송가 568장 가사 중
*5 : 찬송가 379장 가사 중

불쌍하게 여기는 마음

날씨가 풀려 아내와 광교산 가는 길을 걷는데,
불편한 내 모습을 본 택시기사, 지나는 사람들
도움 주고 싶어하는 마음으로 당부를 한다.
"열심히 걸으셔야 해요"
"추운 때에는 나오지 마셔야 해요"

지으신 분의 형상을 따라 만드신 하나님의 마음,[1]
굶주린 무리, 귀신들렸던 이, 목자 잃은 양 같은 무리,
외아들 잃은 홀어머니를 불쌍히 여기신 주님의 마음,[2]
맹자님이 알려 주신 '불인인지심(不忍人之心),'
남의 불행이나 고통을 차마 그대로 봐 넘기지 못하는 마음.[3]

이 마음은 어진(仁) 마음,
사랑하는 마음의 실마리요,
다함을 알 수 없는 다툼을 이겨온 힘이리라.

(2011. 2. 15)

*1 : 창세기 1:26 말씀
*2 : 마태복음 15:32, 마가복음 5:19, 6:34, 누가복음 7:13 말씀
*3 : 맹자(孟子), 공손축장구 상(公孫丑章句 上) '인개유불인인지심(人皆有不忍人之心)'

빠진 이를 보며

서너 달 전 흔들려도 당뇨 때문에 못 빼어
가끔 제쳐지기도 하더니, 오늘 방바닥에 툭 떨어졌다.
대문짝 같은 윗니 아래에 있던 앞니라,
문턱 부서져 닫아도 허전한 대문 같다.
흔들리는 젖니를 누나가 실로 묶어 뽑아
백옥 같은 이를 달라며 지붕에 던진 뒤를 이어
육십 수년을 말없이 함께 해온 내 몸의 한 조각.
너는 잘라 먹거나 뜯어 먹을 때 앞장섰고,
헛된 소리 흘리지 않고 제소리를 내게 하였고,
안간힘을 모을 때 윗니를 떠받쳤고,
못할 말 더러는 막아도 주었고,
소나무 껍질, 풀 뿌리 닥치는 대로 굶주린 배를 채워 주었고,
살며시 웃을 때 살짝 보이기도 하였지.
이제는 떨어져 차돌 부스러기만도 못하고
한줌의 흙에 불과하구나.

(2011. 2. 16)

대보름 달을 보며

정장(正裝)하신 아버지 뒤 따라 '달봉치'에 오르면
무장봉(武藏峰)에 네가 보일 때, "망월이야" 아우성

"달아 달아 밝은 달아 이태백이 놀던 달아"[*1]
어머니는 외가에 갔다 오는 십리 길 내내 콧노래 흘리셨다.

"달아 높이높이 돋아 멀리멀리 비춰다오"[*2]
장돌뱅이 지아비를 기다리는 여인의 아름다운 마음

"서라벌 밝은 달에 밤새도록 놀다가
들어와 자리를 보니 다리가 넷이로구나"[*3]
아내와 역신의 동침을 본 고뇌를 노래와 춤으로 정화(淨化)했지

가지 못하는 고향 그리워 청주 우암산(牛巖山) 오르면
무심천(無心川) 얼음 위에 너는 환하게 고루 비치었고

야전훈련(F.T.X) 중 산등성이 작전상황실(作戰狀況室)에서
꽁꽁 얼어붙은 임진강에 네 빛이 내려 고루 비침을 보았지

"부처 백억(百億) 세계(世界)에 화신(化身)하여

교화(教化)하심이 달이 즈믄강(千江)에 비췸 같으니라.”*⁴

“내가 노래하면 달빛도 춤을 추고,
내가 춤을 추면 그림자도 땅에서 흔들거린다”*⁵
시선(詩仙) 청련거사(青蓮居士)는 너와 잔 들고 춤을 추었구나

“보고도 말 아니 하니 내 벗인가 하노라”*⁶
고산(孤山)은 수석(水石)과 송죽(松竹) 그리고 너를 벗삼았구나

송광사(松廣寺)에서 조계산(曹溪山)을 넘어 선암사(仙巖寺)
답사 마치고, 들마루에 둘러 앉아 너와 더불어 즐겨도 보았다.

(2011. 2. 18)

*1 : 우리나라 전래민요
*2 : 정읍사(井邑詞)
*3 : 처용가(處容歌) 중
*4 : 월인천강지곡(月印千江之曲)―세종대왕께서 지으신 불찬가
*5 : 월하독작(月下獨酌) 〈달 아래 홀로 잔 들고―이백(李白) 지음〉 중에서 아가월배회(我歌月
    徘徊) 아무영능란(我舞影凌亂)
*6 : 오우가(五友歌) 〈윤선도(尹善道) 지음〉 중에서

새어 나오는 웃음

아래 윗입술 살짝 열리고
아래 윗니 사이로 참을 수 없이
새어 나오는 웃음

우뇌경색[*1](右腦梗塞)으로 왼발이 살짝 끌리더니
이른 새벽 왼발도 가볍게 들어 옮겨져
새어 나오는 웃음

좌뇌(左腦)가 우뇌(右腦)의 몫을 대신하니
주치의[*2](主治醫) 바람이 이루어져
새어 나오는 웃음

아픔을 참으려 걷고, 잠이 깨어 걷고
말씀 기억하며, 찬송 부르며 걷다가
새어 나오는 웃음

(2011. 2. 25)

*1 : 뇌혈관이 막혀서 혈액과 산소공급을 받지 못하여 뇌세포가 죽는 것.
*2 : 아주대학교병원 의사 홍지만 님

꽃샘추위

그리도 춥고 지루한 겨울 가고 따뜻하더니
부르지도 아니한 너는 올해도 오고야 마느냐

이제 봄이 오면 산과 들에 꽃이 피어
모두가 즐거워 노래와 춤이 가득할 텐데

어쩌다 너의 노여움을 샀기에
시새움 추위를 긴 세월 되풀이하느냐

"한때의 분함을 참으면 근심을 오랫동안 면한다"[1]
"해가 지도록 분을 품지 말라"[2]

바라건대
너는 찬란한 봄을 맞이할 길을 준비하라.

(2011. 3. 2)

*1 : 인일시지분 면백일지우(忍一時之憤 免百日之憂) 〈명심보감 계성편(明心寶鑑戒性篇)〉
*2 : 에베소서 4장 26절 말씀

지팡이 걸어놓고

이른 새벽부터는 지팡이 걸어놓고
팔다리 연결동작으로 걸었다.

"선 줄로 생각하는 자는 넘어질까 조심하라"[1]
"급히 서둘지 말라"[2]
"서두르지도 말고, 쉬지도 말라"[3]

기쁨도 웃음도 숨기고
더욱 조심조심 걷는다.

한 걸음씩
조용히, 천천히, 틈틈이 걷는다.

(2011. 3. 3)

[1] : 고린도 전서 10장 12절
[2] : 논어 자로편(論語 子路篇) 〈無速慾 無見小利 慾速卽 不達 見小利卽 大事不成 一孔子〉
　　　(급히 서둘지 말고 적은 이득을 꾀하지 말라. 급히 서둘면 충분하게 통달하지 못하고, 적
　　　은 이득을 보고자 꾀하면 큰일을 이루지 못한다.)
[3] : 괴테(Goethe)—without haste, but without rest.

몸이 아프면

몸이 아프면 마음이 더욱 아프고
마음이 아프면 외롭다.

지나가는 사람은 많아도
다가오는 사람 없다.

아주 모르는 사람이라면 괜찮은데
안다는 사람이 그러니 서운하다.

어서 나아서
산, 구름, 바다를 보며 걷고 싶다.

(2011. 3. 6)

이제 멈추어 주소서

– 일본 대지진을 보며

더는 볼 수 없나이다.
더는 들을 수 없나이다.
사랑의 하나님,
이제 멈추어 주소서!

지으시고 보시기에 좋다고 하신 저들을
저처럼 처참하게 두고 보십니까?
전능하신 하나님!
불쌍히 여겨 주옵소서!

위로의 하나님!
모든 환난 중에 있는 자들을 위로하여 주옵소서!
미워하던 마음이 순간에 사랑의 눈물이 되어
두 손 모아 예수 그리스도의 이름으로 기도합니다.

(2011. 3. 15)

제**3**부

목련을 바라보며

일상으로 돌아오고 있으니
광교산 길 따라 걸어 내려오며
얼싸안아 주실 텐데/ 목련을 바라보며
활짝 핀 벚꽃 다 떨어졌을까/ 어울림은 아름답다
부러움이 없구나/ 하루 벌어 하루 살던/ 두루뭉실 굴러가는
뜻 깊은 은혜로다/ 밤새 이어지는 꿈/ 모두가 반겨 주는데
이팝나무 꽃을 보며/ 오이순나무 꽃을 보며
병꽃나무 꽃을 보며/ 일흔이 지나도 모르겠다
숙지산을 넘으며

일상(日常)으로 돌아오고 있으니

가끔 일상을 떠나고 싶어, 여행을 가고 오며 즐거워했으나,
그것은 일상을 벗어난 것이 아니다.

뇌졸중으로 자고 깨면 하던 일 못한 지 반년이 지나서야
일상으로 돌아오고 있으니, 즐겁고 기쁘다.

먹고 마시며 수고 중에 즐거움을 보는 것이
선하고 아름다운 하나님의 선물이다.[1]

"사람이 만약 상도(常道)를 벗어난다면
병들지 않으면 죽으리라"[2]

이제는 정도(正道)를 걸어야겠구나

(2011. 3. 21)

[1] : 전도서 5장 18절 말씀
[2] : 천약개상 불풍즉우 인약개상 불병즉사(天若改常 不風卽雨 人若改常 不病卽死)—《明心寶鑑》省心 下篇 "하늘이 만약 상도를 어기면 바람 아니면 비가 오고 사람이 만약 상도를 벗어난다면 병들지 않으면 죽으리라."

광교산 길 따라 걸어 내려오며

뇌졸중(腦卒中)에 붙잡혀 방안에서 뱅뱅
꽃샘추위 지나자 마자 방문 박차고
광교산(光敎山) 오르는 버스 종점에 달려왔다.

고운 빛 신령한 기운 하늘 높이 솟아올라
어둔 길 밝게 사는 크고 바른 가르침 영원무궁하다고
광교산(光敎山)이란다.[1]

미음완보(微吟緩步)라 했던가
"어른은 지팡이 짚고, 아이는 술병 메고,
나직이 시(詩)를 읊으며, 느릿느릿 걸어"[2]
지팡이 짚고 천천히 개울 따라 걷는다.

상광교 개울 건너에 관어당(觀魚堂), 관어정(觀魚亭) 터
벼슬 마치고 이곳에 오서 이웃 보살피며 살다 가신
'귀향(歸鄕)' 이라는 처방을 한 옛 주인[3] 기리겠지
"솔개는 날아서 하늘에 닿고
물고기는 즐거운 듯 연못에서 뛰고 있네"[4]
임은 국태민안(國泰民安)을 염원(念願)하셨겠지

"산 그대로 서 있고, 물 그대로 흐르는데
광교산 영기(靈氣) 서린 관어정(觀魚亭)
어디쯤 있었을까"*⁵

창산(彰山) 중턱에는 창성사(彰聖寺) 빈터
진각국사대각원조탑비(眞覺國師大覺圓照塔碑)마저 떠나갔지
"대도(大道)는 밖이 없거늘 어찌 고금(古今)인들 있으랴…
두루두루 냇물처럼 흘러 다녔고,
밝고 빛나기는 저 해와 같도다"*⁶

서두르거나 쉬는 일 없이
조용히 흐르는 냇물 바라보며
살아온 칠십여 년을 되돌아본다.

상선약수(上善若水)라 했던가
가장 좋게 살아가는 것은 물과 같으니,
물은 만물을 이롭게 하면서도 다투지 않고,
사람들이 싫어하는 낮은 곳에 처하기를 좋아하니
바르게 살아가는 길에 가깝다 했는데*⁷

파릇한 봄나물, 고양이는 숨죽이며 살금살금,
청아(淸雅)하게 들려오는 닭 우는 소리,
버드나무 잔가지 파릇파릇하니
"양류세지 사사록(楊柳細枝絲絲綠)"*8 이로구나

창산(彰山), 형제봉(兄弟峰) 사이에서는
"이때야말로 충신이 국가의 은혜를 보답(報答)할 때"라며
병사(兵士)에게 독전(督戰)하는 장군*9의 외침 소리 들린다.

비석거리 마을에는 망천(忘川)*10의 제단(祭壇)이 있지
임의 뜻 받들어 수원공업고등학교 세워
큰 인물 길러내는 훌륭한 후손(後孫)들 바라보며
권선징악(勸善懲惡)을 즐겨 베푼 젊은 날을 즐기시겠지

"자주 걸어야 해요, 무리하면 안 돼요"
나물 파는 할머니의 정겨운 한 마디에
힘내어 살아가는 맛이 난다.

저수지 끼고 걷는 길은 걷기 좋게 만든
고마운 손길이 자르르 흐르고,

건너편 산기슭엔 아직 얼음장 남아있는데,
이편 양지바른 모래톱에는
무자맥질 마치고 쉬는 오리 쌍쌍이 정겹구나.

너희들은 벌써 알고 있나 보다.
"족(足)한 줄 아는 자는 부자(富者)다"*11
"우리가 먹을 것과 입을 것이 있은 즉,
족(足)한 줄로 알 것이니라"*12

문암(文岩)골
명산대천(名山大川) 섭렵(涉獵)하던 고운(孤雲)*13
시회(詩會)를 열고 즐겨 지은 임의 시(詩)
어느 바위에 새겨져 있을 텐데

백로(白鷺) 한 마리 새파란 물 위를 얕게 날라
흰빛 더욱 희구나*14
"창파에 조히 씻은 몸을 더러일가 하노라"*15
오늘날 어머니의 가슴도 매한가지겠지.

무엇이 그리도 바빠 달려만 온 삶이었나

걷기 불편해서야 천천히 걸으며
이런저런 생각을 하다 보니
하루 해가 즐거움 속에 저무는구나.

(2011. 3. 22)

*1 : "광화영기 교훈무궁(光華靈氣. 敎訓無窮)"－고려(高麗) 태조(太祖) 왕건(王建)이 후백제 견훤(甄萱)을 친정(親征)하고 귀경길에 이곳 광악산(光嶽山) 행궁(行宮)에서 군사들과 노인을 위로할 때 이 산에서 광채가 하늘로 솟아올라 이를 보고 부처님의 가르침을 주는 산이라며, 光華靈氣에서 光字, 敎訓無窮에서 敎字를 따라 광교산(光敎山)이라 했다고 전함
*2 : 정극인(丁克仁)이 지은 상춘곡(賞春曲) 중에서
*3 : 하동정씨(河東鄭氏, 始祖 鄭道正) 15세손 어모장군(禦侮將軍), 훈련원정(訓鍊院正), 자산부사(慈山府使)를 역임한 정응정(鄭應井). 수원 유수가 효도하려고 시골 부친을 모시었더니 고칠 수 없는 병이 나서, 수소문 끝에 정 부사에게 부친의 약을 지러 보냈더니 '귀향' 이라는 처방을 하여 유수는 이 뜻을 알고 부모님을 시골로 모셨더니 병이 바로 나았다는 이야기가 전함.
*4 : 시경(詩經) 대아(大雅) 한록(旱麓) 〈군왕의 복록을 축복한 시〉의 한 구절
　　"연비려천 어략우연(鳶飛戾天 魚躍于淵)"
*5 : "산자립수자류 광령구정하처(山自立水自流 光靈舊亭何處)" 관어당유허비(觀魚堂遺墟碑) 비문(碑文)중에서
*6 : 진각국사(眞覺國師)는 천희(千熙, 1307~1382)의 시호(諡號)이고, 호는 설산(雪山), 본관은 흥해(興海－현재 영일군에 속함). 지조가 매우 높고 선지(禪旨)를 깊이 탐구하여 멀리 원나라 강남(江南)에 가서 몽산(蒙山)의 의법(衣法)을 받았고, 공민왕이 국사(國師)로 봉하였다. 창성사(彰聖寺)에서 입적(入寂). 비문은 이색(李穡)이 지었고, 비는 현재 수원에 있는 화성(華城) 방화수류정(訪花隨柳亭) 부근에 있는 비각(碑閣)에 보존되어 있음.
　　"대도무외 하유고금 주류여천 환혁여일 大道無外 何有古今 周流如川 煥赫如日" 비문 중에서. 또 다른 진각국사(眞覺國師)는 혜심(慧湛, 1178~1234) 이름은 최영을(崔永乙)인데, 월출산(月出山) 기슭 월남사(月南寺) 터에 비가 있고, 『진각국사어록(眞覺國師語錄)』

이 전해짐.

*7 : 노자(老子)의 도덕경(道德經) 중에서. 상선약수 수선리만물이부쟁 처중인지소오 고기어
　　도(上善若水 水善利萬物而不爭 處衆人之所惡 故幾於道)

*8 : 유산가(遊山歌) 중에서

*9 : 김준룡(金俊龍, 1586~1642)—병자호란 때 광교산에서 청나라 군사와의 전투에서 대승을
　　함. 충양공 김준룡전승지(忠襄公 金俊龍戰勝地) 명문(銘文)에 "병자청란 공제호남병 근왕
　　지차 살청삼대장(丙子淸亂 公提湖南兵 勤王至此 殺淸三大將)"라고 있음

*10 : 이고(李皐, 1341~1420)의 호

*11 : 노자(老子)의 변덕(辯德)중 지족자부(知足者富)

*12 : 디모데 전서 6장 8절 말씀

*13 : 최치원(崔致遠, 857~ ?)의 호

*14 : 두보(杜甫, 712~770)의 시 중 강벽조유백(江碧鳥逾白—강은 푸르러 새는 더욱 희고)

*15 : 포은(圃隱) 정몽주(鄭夢周)의 어머니가 지은 시조(時調) 중에서

얼싸안아 주실 텐데

장안공원(長安公園)에서
노랗게 핀 산수유(山茱萸) 꽃을 보며 지나다가
노란 나비 한 마리를 보았다.

올 들어 나비,
그것도 노란 나비를 처음 보았으니
할머니께 알려드리면 얼싸안아 주실 텐데.

상(喪)을 당한다는 흰 나비가 아니고
아프지 않고 튼튼하게 큰다는 노란 나비를
처음 봤기 때문이다.

(2011. 3. 29)

목련(木蓮)을 바라보며

춥고 지루한 겨울 밤 아프고 외로워 내다보면
언제나 말없이 반겨주어 아픔을 참았지

순백(純白) 감싸 안은 연두색(軟豆色) 봉우리
천사(天使)가 그림 그리던 붓끝인가 보다.

달 밝은 밤 너와 나의 밀약(密約)
발끝에 힘을 주어 하루가 다르단다.

더 다가오지 아니 하고
더 멀리 가지 아니 하는구나

순결(純潔)
지고지순(至高至順)이로다.

(2011. 4. 2)

활짝 핀 벚꽃 다 떨어졌을까

이른 새벽부터 내린 비에
활짝 핀 벚꽃 다 떨어졌을까
비 멈춘 사이 지팡이 짚고 달려왔다.

드문드문 꽃무늬 화려(華麗)한 길
가지에는 더욱 싱그러운 꽃송이
꽃구름 속 고운 꿈 기다리고 있다.

한낮 햇빛 아래 눈부신 꽃보다
잔뜩 흐린 궂은 날 선명(鮮明)한 꽃보다
달빛 아래 그윽한 꽃이 더욱 아름답지.

(2011. 4. 22)

어울림은 아름답다

겨울의 마지막 그림자를 덮은 풀밭
어울림(調和, harmony)은 아름답다.

소리쟁이 〈우설채〉(牛舌菜) 긴 잎사귀,
뿌리가 금강산까지 뻗쳤다는 쇠뜨기,
피를 엉기게 한다는 엉겅퀴,
이름보다 고운 애기똥풀,
근심을 잊게 해 준다는 원추리 〈망우초〉(忘憂草),
곤경(困境)을 견뎌내며 온몸을 다 바쳐 베푸는 민들레,
개망초보다 의젓한 망초,
동요(童謠)가 절로 나오는 달래, 냉이, 꽃다지.

다들 반가운 얼굴.
어울림은 이렇게 아름답구나

(2011. 5. 2)

부러움이 없구나

가는 곳마다 꽃과 잎이 피어 있는데
사람들은 꽃을 찾아 왜 헤맬까

주고 받는 이야기 속에
아름다운 꽃이 피어난다.

하늘은 푸르고
물이 맑으니

하늘 아래 땅 위에
부러움이 없구나

(2011. 5. 7)

하루 벌어 하루 살던

창밖에 내리는 비를 보고 있자니
빗소리에 이야기가 들려온다.

하루 벌어 하루 살던 그 어느 날
남의 집 추녀 밑에 비를 피하고 있었다.

내 또래가 교복 입고 가방 들고 우산 쓰고
대문을 나와 학교에 가고 있다.

언제 학비를 벌어
학교에 갈 것인가

우암산(牛岩山) 기슭에 내리는 비를 맞으며
자취방(自炊房)으로 걸어 왔었다.

(2011. 5. 10)

두루뭉실 굴러가는

때 이른 장마 그치고 저녁이 되니
사월 초아흐레 달이 밝다.

창문 활짝 열고 맞이하니
시샘 없이 성큼 들어온다.

생긋 웃어 주는 초승달보다
기쁨 가득한 보름달보다 정겹다.

두루뭉실 굴러가는 초아흐레 달
그렇고 그런 이야기 싫지 않게 이어진다.

(2011. 5. 11)

뜻 깊은 은혜로다

효도여행(孝道旅行) 떠난 교우(敎友)들
곤도라(gondola) 타고 덕유산(德裕山) 올랐으나
안개 속 아무 것도 보이질 않는단다.

산과 들에 싱싱한 푸르름과
꽃과 나무들 바다를 이룬 장관(壯觀)
모두 안개 속에 덮인 모습 선하다.

보기에 아름답고 먹기에 좋은 나무[*1]는 보이게,
먹음직도 하고 보암직한 열매[*2]는 안 보이게
항상 돌봐 주시는 고마운 손길

은혜(恩惠)로다,
안개 속에 아무것도 보이지 아니 함
주님의 뜻 깊은 은혜(恩惠)로다.

(2011. 5. 12)

*1 : 창세기 2장 9절 말씀 중
*2 : 창세기 3장 6절 말씀 중

밤새 이어지는 꿈

진천 사는 처제가 보내 준
민들레, 유채, 그리고 푸른 잎사귀와 줄기
무침으로, 쌈으로, 아침, 점심, 저녁 먹었다.
오랜만에 어린 시절을 싱그럽게 되돌아 보며.

밤새 이어지는 꿈
진천 등기소 발령을 받아 부임
사방은 높은 산으로 둘러 있고
골짜기는 좁은 길 꿈틀거린다.

"살아 진천, 죽어 용인이라" 했지
이삼년 즐겨 보자 생각했는데,
전임자의 전해 주는 한 마디 한 마디
놀라 깼다가 다시 자도 계속된다.

(2011. 5. 22)

모두가 반겨 주는데

자고 나면 걷던 숙지산(熟知山)
향내 그리워 간신히 지팡이 짚고 걸었다.

흐드러지게 피어 기다려 주고 있는
아카시아 꽃, 찔레꽃, 클로버 꽃.

착하지 아니 한 사람이 없듯이
향기 없는 꽃은 없구나

풋내, 흙내 그윽하고
뻐꾸기 친절한 노래를 부른다.

모두가 반겨 주는데
더불어 즐기질 못한다.

(2011. 5. 26)

이팝나무 꽃을 보며

광교산 가는 길에 벚꽃이 엊그제 지더니
하얀 꽃이 환하게 웃는다.

그 모습이 쌀밥 한 사발 가득한 듯하여
이밥, 이팝나무,
입하(立夏) 때 피기 시작한다고
입하목(立夏木)
꽃도 오래 피거니와 부족함이 없기에 꽃말이
'영원한 사랑' '자기향상(自己向上)' 이라지

꽃이 많이 피면 풍년이 든다고 했으니
올해도 풍년이 분명하겠네
보릿고개 주린 배 부여잡고 쌀밥 한 사발 가득한 모습
그저 반겨보며 살아온 조상님의 순백하고 착한 마음씨
때 묻은 마음깃이 부끄러워 고개 숙인다.

(2011. 5. 26)

오이순나무 꽃을 보며

잘 차려놓고 사는 집에는 담장 밖에도
꽃이 쉬지 않고 피고 있다.
며칠 전에는 겹벚꽃나무 활짝 피었더니
오늘은 하얀 꽃이 연두색 잎과 어울려 피었다.

이름 알고 싶어 주인 할아버지 할머니*께 여쭈었더니
어린 순에서 오이 냄새가 나서 '오이순나무',
하얀 꽃모양이 매화를 닮아 '산매화(山梅花)',
전라도 사투리로는 '고광나무' 라고 부른단다.

어린 순을 꺾어 나물 해 먹으면 맛있다는데
가며 오며 보는 맛도 내게는 분에 넘치긴 하나,
달 밝은 밤 하얀 꽃과 주거니 받거니 지새노라면
하늘의 별들도 하나하나 너의 아름다운 품에 안기리라.

(2011. 5. 28)

* 할아버지와 할머니는 정길채, 김순자 부부(鄭吉采, 金順子 夫婦)

병꽃나무 꽃을 보며

광교산 길 가로수 아래 잘 가꾸어 놓은
자주색 연분홍 어여쁜 꽃, 이름 물어도 말이 없다.

꽃 모양이 병을 닮아 '병꽃나무', '조선금대화(朝鮮金帶花)',
꽃색이 붉은 것은 '붉은병꽃나무'.

새와 곤충들의 보금자리가 되어 주고,
키 큰 나무가 강한 바람에 뽑히는 것을 막아도 준단다.

내 작은 소망의 보금자리 틀게 해 주고,
연약한 믿음 굳건하게 잡아다오.

네 꽃병 속에 재미 있는 이야기, 보고 들은 착한 마음,
가득 채워 고마움 갚고 싶구나.

(2011. 5. 28)

일흔이 지나도 모르겠다

예닐곱 살 때 들은 이야기를
일흔이 지나도 모르겠다.

해방 후 만세의 물결 뜸하더니
어르신들 사이에 전하여진 이야기

"소련(蘇聯) 속지 말고,
미국(美國) 믿지 말고,

일본(日本) 일어난다,
조선(朝鮮) 조심하라."

(2011. 6. 1)

숙지산을 넘으며

새벽마다 오르내리던 정겨운 숙지산(熟知山)
아홉달 만에야 넘으며
짙어진 푸른 잎 향내 흠뻑 젖으니
이슬 같은 눈물이 흐른다.

길고 추웠던 겨울,
짧고 아쉬운 봄,
방안에서 뱅뱅 돌며
바라만 보았던 등성이

흐드러지게 피었던
진달래, 아카시아, 오동나무 꽃,
푸짐하게 내렸던 하얀 눈,
숲속에서 뻐꾸기가 소상하게 들려준다.

(2011. 6. 7)

제4부

내려놓아야겠다

동병상련(同病相憐)

광교산길 걷다가 절뚝거리며 걷는 네 사람을 만나
다짜고짜 손을 덥석 잡고 한 사람 한 사람
참기 힘든 괴로움 견디어 낸 이야기 주고 받으니,
더더구나 사오십대 젊은이들이라 더욱 가슴 아팠다.

안성 일죽이 고향이라기에
‘죽일’ 이 ‘일죽’ 으로 바뀐 연유, 칠장사, 서운산 이야기
안동(安東)이라기에 하회마을, 제비원, 병산서원,
헛제사밥, 태사묘(太師廟) 이야기
조암(朝岩) 삼괴(三槐) 중고등학교를 다녔다 하기에
회화나무(槐木), 쌍봉산(雙峯山) 이야기

고통을 참으며 건강한 내일을 바라는 우리,
같은 아픔을 참고 견디는 사람은 서로 불쌍히 여긴다는
동병상련(同病相憐)이란 말과 같이.

(2011. 6. 11)

없다, 없다 하면

"없다, 없다 하면
있는 것도 없어진다"

우리 할머님이
형님, 누님들에게 하신 말씀이다.

굶었어도, 학비를 내지 못했어도
없다는 말 하지 않았다.

살아오며 지켜왔기에
아직 아쉬움 없다.

(2011. 6. 21)

한참 후에 알게 되었다

쟁기로 밭을 갈면
새들이 모여든다.

산에 사는 산새도
들에 사는 들새도.

일을 마치고
쟁기 지고 소를 몰고 집으로 오면

산새는 산으로
들새는 들로 날아간다.

먹이 찾아 모여든 것을
한참 후에 알게 되었다.

(2011. 6. 23)

찾아온 고통도 은혜로다

원하지 아니 한 뇌졸중 찰싹 붙은 지 열달
무모한 맞대결을 피하며 견디어 온 연단의 과정

소망의 언덕 위에서 깊은 뜻 헤아리며
말 없이 지팡이 짚고 걸었다.

"몸에 병 없기를 바라지 말라.
병이 없으면 탐욕이 생기기 쉽다."*

찾아온 고통도 은혜요
고통 속에서 기쁨을 느낌도 은혜로다.

(2011. 7. 10)

* 보왕삼매론(寶王三昧論)에서
　염신불구무병 신무병칙욕이생(念身不求無病 身無病則欲易生)
　"몸에 병 없기를 바라지 말라. 몸에 병이 없으면 탐욕이 생기기 쉽나니 병고(病苦)로써 양약
　(良藥)을 삼으라."

내려놓아야겠다

외로움의 강을 건너온 뗏목*
고마워 짊어지고 걸었다.

사람들은 미련하다고 하나
하도 고마워 무거운 줄 몰랐다.

그러나
이제는 내려놓아야겠다.

(2011. 7. 15)

* 불교 초기경전 지혜와 자비의 말씀 중 〈뗏목의 비유〉(벌유, 筏喩)를 읽고서

산속에서 비를 맞으며 걷자니

장마 지난 듯해 길을 나섰다.
광교산 속 호수금붕어들 반기고
푸르른 나무 친구들 손 흔들고
냇물은 고운 노래 들려준다.

산속에서 비를 맞으며 걷자니
책보 허리에 차고 자루 뒤집어 쓰고 학교 가던 일
삽들고 도롱이 〈사의〉(蓑衣) 쓰고 물꼬 보던 일
그리운 꿈의 길이 이어진다.

내려주시는 은혜(恩惠)의 비
송두리째 한몸에 맞으며
소망(所望)의 꿈속을 걷자니
즐겁고 기쁘다.

(2011. 7. 16)

할렐루야(Hallelujah)

새벽 늦잠에 꿈을 꾸었다.
고향의 얕은 산, 고추봉을 천천히 올라
정상 부근에 이르니 어린이들이 소풍을 왔다.

깜짝 놀랐다.
지팡이 짚지 않고 내가
여기까지 올라온 것이다.

순간 나도 모르게 터져 나왔다.
"할렐루야! 할렐루야! 할렐루야!"
여호와를 찬양하라!

부흥회에서도
따라하지 아니 한
환호성이 터져 나왔다.

(2011. 7. 18)

지나간 일이 어제만 같구나

용봉산(龍鳳山) 긴 줄기 보이더니 월산(月山) 반가운 모습
법원 첫 발령받아 3년 8개월*1 정든 홍성(洪城).
40년*2 만에 오니 눈길 닿는 곳마다 정겨운 추억(追憶)
군청 앞 큰 나무 그늘 그림 같은 성곽(城郭)
큰딸*3 낳아 이른 새벽 안고 다니며 보여주고 들려주었는데
손수레 빌려 사글세 방에서 전세방으로 이사 다니던 길
서문 밖 개울가에 심어 기른 호박 크게도 자랐고
점심시간 집마당에서 둘째딸*4 첫 울음 소리 기뻤지
법원에서 일을 마치고 같이 근무하던 동료(同僚)*5를 만나
그 시절 이야기 몇 마디에 당장 가슴이 뜨거워
지나간 일이 어제만 같구나

(2011. 7. 21)

*1 : 3년 8개월―1968. 1. 25부터 1971. 8. 31까지 홍성법원 근무
*2 : 40년―1971. 9. 1부터 2011. 7. 21(오늘)까지
*3 : 큰딸―1968. 5. 8생 송경아
*4 : 둘째딸―1970. 11. 4생 송금아
*5 : 동료―법무사 김기석(金基奭, 1936년생)

달걀 모양의 입으로

적당한 거리에서 바라보고는
고개 숙여 공손히 인사하는 모습
아직도 선한데

이번에는 달걀 모양의 입으로
"오— 오— 우우!"
소리 지르며 반긴다.

보고 싶어 한 만큼 반겨주는
우리 외손녀(外孫女)
다음에는 또 무엇으로 기쁨을 줄까

(2011. 7. 24)

시지프스의 신화(神話)

시지프스(Sisyphus)는
오늘도 계속해서 떨어지는 바위를
산꼭대기까지 밀어 올려야 한다.

그리스 사람의 첫 할아버지 헬렌과
바람을 다스리는 신 아이올로스 사이에 태어난
시지프스

인간 중에 가장 현명(賢明)하고 신중(愼重)한 그가
신(神)들을 우습게 여겼다 하여
계속 떨어지는 바위를 끊임없이 밀어 올려야 한다.

굴러 떨어질 것을 알면서도
다시 밀어 올리려고 내려가는
시지프스의 굳은 의지(意志)

(2011. 7. 29)

마른 뼈

마른 뼈들이 말씀대로
소리가 나고 움직이며, 이 뼈, 저 뼈가 들어맞아
뼈들이 서로 연결(連結)되더니,
그 뼈에 힘줄이 생기고, 살이 오르며, 가죽이 덮이고,
생기(生氣)가 사방(四方)에서 와서 그들에게 들어가매
그들이 곧 살아나서 일어나서는데
극히 큰 군대(軍隊)더라.

몸은 늙고 병약(病弱)하며,
영혼(靈魂)마저 미약(微弱)한 마른 뼈
소망(所望) 없는 절망(絶望)의 골짜기에서
성령(聖靈)으로 거듭나기를 소원(所願)하오니
생기(生氣)를 불어 넣어 주시옵소서.

(2011. 7. 29)

* 에스겔서 37장 6절에서 10절 말씀을 증거하시는 이정찬 담임목사님의 설교말씀을 듣고

꿈은 깨었어도 아름답다

태어나서 자란 고향집 바깥 마당에서
여느 때와 같이 두엄을 치우다가
흐르는 땀을 닦으며 고개를 드니
복사꽃보다는 큰 것이
자목련(紫木蓮) 비슷하나
보다 화려(華麗)한 꽃이 피어 화창(和暢)하다.

울타리에 참죽나무 가지 사이로
맑은 하늘이 보인다.
하늘은 맑고 마을은 고요하다.
어쩌다가 잠이 깨니
그처럼 선명한 아름다움이 꿈이었다.
꿈은 깨었어도 아름답다.

(2011. 8. 1)

더 바랄 것 없는 복

길고 지루한 장마로 잊었던 초 사흘(음 7월 3일) 달
아주 오랜만에 구름 사이로 살짝
눈물의 골짜기, 어둠의 골짜기에서
반겨주시는 가버린 듯한 임

생육(生育)하고 번성(繁盛)하여 땅에 충만(充滿)하라
씨 맺는 모든 채소(菜蔬)와 나무를 먹거리로 주심[1]
조상님들 바라시던 오복(五福)[2]보다
더 바랄 것 없는 복(福), 항상(恒常) 함께 하여 주심.[3]

(2011. 8. 4)

*1 : 창세기 1장 28절과 29절 말씀 중에서
*2 : 오복은 사람이 살아가는 데 바람직하다고 여겨지는 다섯 가지 복. 수(壽) 부(富) 강령(康
寧) 유호덕(攸好德) 고종명(考終命) 〈오래 살고, 재물이 풍부하고, 몸이 건강하고, 마음이
편안하고, 덕을 좋아하며, 즐겨 행하려 하고, 명대로 살다가 편안히 죽는 것. 〈상서(尙書)
홍범(洪範)편에서〉
*3 : 마태복음 28장 20절 말씀

터미널 보신탕

보신탕 맛 찾아 헤맨 끝에
찾아낸 '터미널 보신탕'[1]집.
맛 사냥의 종착역(終着驛)
그래서 터미널(terminal)[2]인가 보다.

오는 봄 마중나가 진종일 헤매다가
문 밖 뜰에 한 송이 꽃에서 만나
반갑고 기쁨의 끝, 종말(終末)
그래서 터미널인가 보다.

지닌 맛깔 우러내고
숨은 솜씨 다하여
쌓은 노력 겨뤄보는 학기말시험(學期末試驗)
그래서 터미널인가 보다.

(2011. 8. 10)

*1 : '터미널 보신탕집'은 수원 북문전화국 뒤에 있음.
*2 : 터미널은 종말, 종착역, 학기말 시험이란 뜻이 들어있음.

길은 있다

"하늘이 무너져도 살아날 길이 있다."
"죽을 길은 하나요, 살 길은 아흔 아홉이란다."
그러나, 그 길은 예비(豫備)해 주신 길이다.

애굽왕 바로의 군대가 뒤에서 추격(追擊)하고
광야(曠野)와 깊고 넓은 홍해(紅海)가 앞길을 막았다.
밤새도록 큰 동풍이 바닷물을 물러가게 하시니
이스라엘 자손은 바다 가운데 육지(陸地)로 걸어갔다.

그들이 애굽의 종살이에서 벗어나는 길이 있듯이
우리들은 죄의 종살이에서 벗어나는 길이 있다.
죄(罪)의, 고통(苦痛)의, 절망(絶望)의 종살이에서 벗어나는
주님 예비하신 길은 있다.

(2011. 8. 14)

*출애굽기 14장 21절에서 31절까지 말씀을 증거하신 수원제일감리교회 이정찬 담임목사님의
 설교를 듣고

꿈속에 꿈

꿈속에 꿈을 꾸고
그 꿈속에 또 꿈을 꾸니
어디까지 꿈인지 모르겠다.

꿈속에 만난 사람에게
"간밤 꿈에 한 말 정말이야"
꿈 같은 대답이나 듣고 싶다.

아직도 꿈속인지
어느 꿈속인지 모르겠으니
호접지몽(胡蝶之夢)* 따로 없구나

(2011. 8. 18)

---

*호접지몽(胡蝶之夢) : 옛날에 장주(莊周)가 꿈에 나비가 되어, 장주(莊周)가 나비로 된 것인
　지, 나비기 장주(莊周)로 된 것인지 알지 못했다는 이야기 〈장자(莊子) 제물편(齊物篇)〉

제 5 부

귀뚜라미 노래 소리

어찌 두 가지뿐이랴만
귀뚜라미 노래 소리/ 창문 열고 하늘을 보는 것은
감사의 눈물 이슬 되어/ 관어정 터에서/ 흔적 없는 터
하나님과 하나 되시는 글/ 임신부 셋/ 새벽 별
임은 다 알고 있지/ 당성에서 보내준 소식
이걸 어쩌나/ 맨드라미 꽃을 보며/ 여우 두 마리
잠시 생각만 해도/ 잃은 아들을 되찾은 아버지
아픔의 옷/ 달님과 한 베개 베고

어찌 두 가지뿐이랴만

꿈속에 선친(先親)을 뵈었다.
한지(韓紙)에 세 글자를 써 주셨는데
금(禁) 자(字)는 확실한데, 두 글자는 모르는 글자이다.

꿈을 깨고 나서 생각하니
두 가지를 하지 말라 하심은 확실하니
알 듯도 하고, 모를 듯도 하다.

어찌 두 가지뿐이랴만,
알아들을 줄 아시고
어려운 글자를 쓰셨구나.

(2011. 8. 19)

귀뚜라미 노래 소리

이른 새벽 어디선가 들려오는
귀뚜라미 노래 소리

소록소록 소르르 소르륵
실 감기는 소리, 풀리는 소리

온종일 뽑은 실을 밤 늦도록 감으시는
어머님 곁에서 잠결에, 꿈속에 듣던 소리

속삭여 주시던 임의 음성
노래 소리 이어져 들려온다.

(2011. 8. 26)

*길쌈의 한 과정으로, 물레로 자아낸 실을 꾸리에 감을 때에 감기는 소리, 풀리는 소리가 들림.

창문 열고 하늘을 보는 것은

창문 열고 하늘을 보는 것은
"저녁에 하늘이 붉으면 날이 좋겠고,
아침에 하늘이 붉고 흐리면 날이 궂겠다"*1
날씨를 보려는 것만은 아닙니다.

진(陣)에 덮인 메추라기, 이슬로 내린 만나*2
엘리야 기도의 응답인 여호와의 불*3
태양이 머물고 달이 멈춤*4
기적을 보려는 것도 아닙니다.

맑은 하늘이면 곱게 그려 주시는 그림,
흐린 하늘이면 숨겨 들려 주시는 음성
보고 들으며 기뻐하고 즐거워하려고
창문을 열고 하늘을 보는 겁니다.

(2011. 8. 27)

*1 : 마태복음 16장 2절 말씀 중
*2 : 출애굽기 16장 13절 말씀 중
*3 : 열왕기 상 18장 38절 말씀 중
*4 : 여호수아 10장 13절 말씀 중

감사의 눈물 이슬 되어

어제 광교산 길 따라 걷다가
발걸음이 넓어져
소리 없이 웃음 터져 나왔다.

오늘 해돋이 보며 걷자니
내게 강 같은 평화(平和),
내게 산 같은 은혜(恩惠).

아!
감사의 눈물 이슬 되어
새벽 하늘 곱게 물들이네

(2011. 9. 4)

관어정(觀魚亭) 터에서

광화영기(光華靈氣)[*1] 그윽한 광교산(光教山)
시루봉, 백운봉(白雲峰), 종루봉(鐘樓峰)에 내린 이슬
모아져 흐르는 개울가에 자리한
관어당(觀魚堂), 관어정(觀魚亭), 관어정(觀魚井) 터[*2]

"산 그대로 서 있고, 물 그대로 흐르는데"[*3]
큰 바위 빈터 받치고, 괴목(槐木) 대(代) 이어 지키고,
관어당(觀魚堂), 관어정(觀魚亭) 오가시는
옛 주인(主人)[*4]의 인자(仁慈)한 모습도 완연(完然)하다.

"솔개는 날아서 하늘에 닿고, 물고기는 연못에서 뛰고 있네
평안한 우리 님께선 만백성을 덕으로 이끄신다네"[*5]
임은 몇 번이고 나직이 읊으시며
국태민안(國泰民安)을 기리시었을까

"모든 유형(有形)의 사물(事物)은 공허(空虛)한 것이며,
공허(空虛)한 것은 유형(有形)의 사물(事物)과 다르지 않다."[*6]
임의 모습 아니 보여도 나라와 백성 사랑하신 깊은 뜻
공허(空虛)하지 아니 하여, 가슴 깊이 스며드네

"땅 위 궁창에는 새가 날으라, 물고기는 물에 가득하라."[7]
말씀 순종(順從)하는 물고기와 새들의 모습 아름답듯
이웃을 내 몸같이 사랑하며 보듬어 주신
임의 손길, 마음 길 모두모두 아름답도다.

"남이 나를 알아주지 아니 해도 노여워하지 않으니
참으로 군자(君子)가 아니겠는가"[8]
역사(歷史)의 수레바퀴에 입은 상처 참으시며
곱게 물든 저녁노을처럼 마무리를 하셨네.

(2011. 9. 7)

*1 : 광화영기 교훈무궁(光華靈氣 敎訓無窮)에서 광자와 교자를 따서 광악산(光嶽山)을 광교
　　산(光敎山)이라 했다는 고려야사(高麗野史)에서
*2 : 수원시 상광교 마을회관 부근에 있음. 〈정길채(鄭吉采) 어른의 증언〉
*3 : 산자립수자류(山自立水自流)—관어당유허비(觀魚堂遺墟碑) 비문 중에서
*4 : 옛 주인은 하동정씨(河東鄭氏 始祖 鄭道正) 15世孫 어모장군(禦侮將軍) 훈련원정(訓鍊院
　　正) 자산부사(慈山府使)를 역임한 정응정(鄭應井)으로, 광해군(光海君) 때 명(明)나라가
　　후금(後金)과의 전쟁에 원병으로 도원수(都元帥) 강홍립(姜弘立) 휘하(麾下)에 김응서(金
　　應瑞) 정호서(丁好恕) 이민환(李民寏) 이정남(李珽男) 김응하(金應河) 등과 함께 문무종
　　사관(文武從事官)으로 출전(出戰)했다가 명(明)나라가 패하자, 도원수(都元帥) 강홍립(姜
　　弘立)이 "형세(形勢)를 보아서 향배(向背)를 정하라"는 임금(광해군)의 밀지(密旨)로 투항
　　(投降)했다가 귀환(歸還)하여, 귀향(歸鄕)을 갔고, 부사공(府使公)은 중형(仲兄)(정응두(鄭
　　應斗))이 명나라 조정(朝廷)에 진향사(進香使) 서장관(書狀官)으로 가던 中, 풍랑(風浪)으

로 파선(破船)되어 불귀(不歸)의 객(客)이 되자, 애통(哀痛)하시어 관직(官職)을 버리고, 이곳에 오셔 상심(傷心)을 달래시며 여생(餘生)을 보내셨다.

*5 : 연비려천 어약우연 개제군자 하부작인(鳶飛戾天 魚躍于淵 豈弟君子 遐不作人)—시경(詩經) 대아(大雅) 한록(旱麓) 시 중에서

*6 : 색즉시공(色卽是空) 공즉시색(空卽是色) 색불이공(色不而空) 공불이색(空不而色)—반야바라밀다심경(般若波羅密多心經) 중에서

*7 : 창세기 1장 20절 22절 말씀 중에서

*8 : 인부지이불온 불역군자호(人不知而不慍 不亦君子乎)—논어(論語) 학이편(學而篇)

흔적 없는 터

몽촌(夢村), 풍납(風納), 공산(公山), 부소(扶蘇)
백제황성(百濟 皇城) 터.
서라벌 월성(月城) 신라황성(新羅 皇城) 터.
답사(踏査)하며 흘렸던 눈물

내가 태어나고 자라고 살았던 집
대문, 삼 칸 대청, 대들보,
아침 해가 솟아오르는 나지막한 앞산
손길, 눈길 길들고, 어른들 얼이 서린 곳

아파트로 흔적 없이 사라진 빈터
할아버지 할머니, 아버지 어머니, 형님 형수님, 누님들께 죄송할 뿐
동막댁(東幕宅) 택호(宅號)를 속으로 부르며
뒤 돌아보지도 않고 발길 돌렸다.

(2011. 9. 12)

---

* 1925년경 봉림사가 있는 비봉산에서 자란 금강송으로 지은 집이며, 할머니(수성이씨)의 친
  정이 동막(팔탄면 노하리의 동네이름)이라 동막댁이라 했음.

하나님과 하나 되시는 글

추석에 고향에 가서
"기억 속 실오라기 당기면"
시집(詩集)을 조카들에게 나눠주고 돌아왔다.

며칠 후 막내 질부(姪婦)에게서 문자가 왔다.
"하나님과 하나 되시는 글
기쁘기도 하고, 가슴도 아픕니다."

한참을 계속해 읽어 보고, 또 다시 읽어 보니,
그리도 바라고 원하던 시평(詩評),
분에 넘친다.

(2011. 9. 15)

임신부 셋

우리 집에는
임신부(妊娠婦) 셋이 있다.

나는 연말이면 해산(解産)할
제 15시집(詩集)이고,

막내 딸은 12월이면 해산할
외손자(外孫子)이고,

아들은 내년 초에 해산할
시험합격(試驗合格)이다.

순산(順産)하길 바라는 마음
남녀노소(男女老少)가 다르지 않구나.

(2011. 9. 17)

새벽 별

내 편 들어주는 양심(良心)은
"남보다야 바르게 살고 있다" 했는데

주신 율법(律法) 거울에 비친 내 모습
칠흑 같은 어둔 밤 헤매고 있네

보이는 것 하나 없어
맘 놓고 해 볼까 했는데

어둔 밤일수록 별이 빛나듯
바르고 맑은 새벽 별, 길 밝혀 주시네

(2011. 9. 18)

* 로마서 5장 20절과 21절 말씀을 증거하시는 수원제일감리교회 이정찬 담임목사님의 설교를
  듣고.

임은 다 알고 있지

파란 하늘 하얀 뭉게구름
임의 솜씨 곱기도 하지

우리 집 창문 가득
사무실 유리창 가득

이따금 달라져도
곱기는 매한가지

소리 없이 웃는 마음
임은 다 알고 있지

(2011. 9. 21)

당성에서 보내준 소식

당성에 왔더니 알밤이 고스란히 떨어져
늦은 가을을 만끽(滿喫)한다네

오래 전 묻고 물어 찾아간 당성(唐城)[*1]
어머님 품같이 아늑하고 아름다운 산성(山城)
성길 따라 오르면 삼면(三面)이 바다요,
논밭 초가지붕 그림같이 정겨웠다.

"당성은 바닷가에 일산처럼 우뚝 솟아
빙 둘러 개펄이 안팎을 이루었다."[*2]
목은(牧隱)은 이렇게 읊었지

자랑 삼아 안내(案內)하며 즐겨 찾은 곳,
두어 해 못 가고 소식 들으니,
고운(孤雲)이 서라벌 악관(樂官)에게 지어준 시(詩) 떠오른다.
"사람이 젊으면 늙는 것, 인생은 실로 슬프도다"[*3]
당장 달려가지 못하고 밤새껏 알밤 주워 담으니
꿈속에 이야기 주머니에 구슬만 가득하구나.

망해루(望海樓) 빈 터

"밤낮으로 오직 삼가고 공경(恭敬)하고 덕(德)으로써 힘을 써,
아전들을 교화하는 데 감히 법으로 대하지 아니 하며,
백성을 은혜롭게 대하여 감히 위압(威壓)을 가하지 않았더니,
이렇게 한 지 일년이 되어 고을 안에는
매우 평화로운 것은 일어나지 않은 것이 없고,
해로운 것은 모두 없어졌다."*4
어느 시장(市長) 군수(郡守) 있어
그 고장 살고 간 조상님의 얼을 되새기며 누각을 다시 세울까

내 고장 자랑의 씨앗 뿌렸더니,
귀담아 들은 분 있어,
둘러보며 소식 보내주는구나
주워 담은 알밤, 이보다 더 맛나랴

(2011. 9. 22)

*1 : 당성(唐城)은 화성시 서신면 상안리 구봉산(九峯山 165미터)에 있는 산성인데 백제(百濟)
　　때에는 당항성(黨項城), 고구려(高句麗) 때에는 당성군(唐城郡), 신라(新羅) 때에는 당은
　　군(唐恩郡), 고려(高麗) 때에는 당성군(唐城郡), 남양부(南陽府)라 했고, 조선(朝鮮)시대에
　　는 남양도호부(南陽都護府), 남양군(南陽郡)이었는데, 현재에는 화성군(華城郡), 화성시
　　(華城市)로 뿌리 없는 이름이 되었다.

*2 : 당성안해여화개 포서환지분내외 (唐城岸海如華蓋 浦溆環之分內外) 목은(牧隱) 이색(李
穡)의 시 〈당성인〉(唐城引) 중에서. 〈당성인〉은 목은(牧隱)이 지은 〈홍씨찬미시가〉(洪氏
讚美詩歌)임

*3 : 고운(孤雲) 최치원(崔致遠)이 신라왕궁의 안면 있는 악관(樂官)을 이곳에서 만나 그의 음
악을 듣고, 지어준 시의 한 구절
夜贈樂官(야증악관－밤에 악관에게 글을 지어주면서) 人事盛還衰(인사성환쇠－사람이
젊으면 늙는 것) 浮生實可悲(부생실가비－인생은 실로 슬프도다.)

*4 : 목은(牧隱) 이색(李穡)의 남양부망해루기(南陽府望海樓記) 중에서. 務以德先 化其吏 不敢
加以政 惠其民 不敢施以威 莽歲大和 利無不興 而害悉去之(무이덕선 화기리 불감가이정
혜기민 불감시이위기세대화 이무불흥 이해실거지). 망해루는 고려 말 남양부사를 역임한
정을경(鄭乙卿)이 1391년 경 세운 누각이다. 그런데 이곳 당성에 지은 것인지는 의문이다.

이걸 어쩌나

'광교산보리밥집' 에서
자리가 없어 기다리는 젊은이와 겸상을 했다.

안양 병목 안 어느 식당은
백 미터나 되는 긴 식당이 있단다.

젊은이가 간 뒤에
계산대에 갔더니 계산을 하고 갔단다.

이걸 어쩌나
나보다 쓰임새가 더 많을 텐데

살아오며 보답(報答) 못할 일
하나 더 쌓이는구나

(2011. 9. 24)

맨드라미 꽃(계관화, 鷄冠花)을 보며

가을 햇빛 따가워 가던 길 멈추고 그늘에 서서
큰 키에 닭의 볏 같이 붉은 맨드라미 꽃을 보며,
'불타는 사랑', '방패(防牌)' 꽃말을 생각해 본다.

이른 봄 형수와 누님은 꽃밭에 남몰래 심어
이른 여름부터 맨드라미, 봉선화, 채송화, 분꽃 가득
어여쁜 손으로 맨드라미 꽃을 찢어 송편에 무늬를 놓았다.

할머니는 닭을 잡으면 그 벼슬을 따로 챙겨주며
먹고 벼슬하라시면, 이것만은 못 먹겠다고 거역을 했지만,
법원사무관임명장(法院事務官任命狀) 들고 성묘(省墓)부터 하였다.

옛날 무예(武藝)가 뛰어나고 품성(品性)이 곧은 '무룡' 이라는 장군
간신들의 모함(謀陷)으로 처형을 받으면서도 왕을 지킨 뒤 숨겨
그 무덤에서 피어난 방패(防牌)와 같은 꽃이 맨드라미란다.

(2011. 9. 25)

여우 두 마리

간밤 꿈에 두 그림자를 보았다
창호지(窓戸紙) 바른 방문에 비친 여우 두 마리.
마주앉아 다듬이질하는 그림자인 듯했다.

긴 턱의 여우 두 마리
무엇인가 먹으며
조용히 주고 받는 소리도 났다.

하루 일 마치고 잠들기 전 되새겨 보니
그 그림자 동영상(動映像)으로 선명한데
할머니는 오늘도 개꿈이라 하실까

(2011. 9. 27)

잠시 생각만 해도

잠시 생각만 해도
가고 싶은 곳
편안해지는 일이 있습니다.

잠시 생각만 해도
따뜻해지는 곳
웃음지어지는 일이 있습니다.

잠시 생각만 해도
이런 것이 이어져
기쁘고 즐겁습니다.

(2011. 9. 29)

잃은 아들을 되찾은 아버지

아버지와 두 아들이 살고 있는데,
둘째가 몫을 받아 먼 나라로 가서 다 써 버리고
"죄를 지었으니 품꾼의 하나로 보소서 하리라" 돌아오니,
아버지는 살진 송아지를 잡아 잔치를 벌이었다.

맏아들은 노여움이 쌓이고 쌓여
"아버지를 여러 해 섬기며 명(命)을 어기지 아니 했거늘
나를 위해서는 염소새끼 한 마리도 잡지 않으셨는데"
불평을 한다.

아버지를 아버지로 여기며 아버지께로 돌아옴
머슴이 주인을 섬기듯 섬기는 척하며 원망과 불평을 함
아버지는 잃었던 아들을 되찾은 기쁨

(2011. 10. 2)

* 누가복음 15장 11절에서 32절 말씀을 읽고

아픔의 옷

벗기 힘든 아픔의 옷
하나하나 벗고 있다.

"견디어 내었구나"
벗은 옷 안에 수(繡) 놓아 있다.

다음 옷 안에는
"너도 늙고 병든다."

속옷 주머니에는
무엇이 들어있을까

아무튼
축복(祝福)의 선물(膳物)일 거야

(2011. 10. 10)

달님과 한 베개 베고

훈(薰)김에 잠 깨어 보니
달님과 한 베개 베고 있다.

창문 열고 맞아들이니
애기 별까지 들어선다.

만대루(晩對樓)* 난간 기대앉으니
병산(屛山), 낙동강 두루 비춰 주었지

고향 가는 밤길, 그림자 밟힐까
이야기 소근소근 주고받았지

오늘은 새벽 꿈길
정겹게 걸어야겠다.

(2011. 10. 13)

*만대루는 서애(西厓) 유성룡(柳成龍)을 향사(享祀)하기 위하여 세운 병산서원(屛山書院) 안
  에 있는 누각으로, 두보(杜甫)의 시 〈백제성루〉(白帝城樓) 중 한 구절 "취병의만대(翠屛宜晚
  對)〈푸른 절벽 둘려진 산수는 늦을 녘에 마주 대할 만하고〉"에서 따온 것.

제**6**부

이 또한 지나가리라

와룡루(臥龍樓)에 오르니

돌문안(石門洞)에서 메주고개 넘어 역골(驛谷)에 오니
남양향교(南陽鄕校)[*1]가 아늑하게 은행나무 사이로 보인다.

와룡골에 와룡당(臥龍堂)은 보이지 않아
서미천(鼠尾川) 건너 홍살문 〈홍전문(紅箭門)〉 들어서니
남양아문(南陽衙門), 동헌(東軒), 이방청(吏房廳), 객관(客館),
회화나무(괴목, 槐木), 연지(蓮池), 연당(蓮堂), 장관(壯觀)이다.

아문루(衙門樓) 위에 있는 와룡루(臥龍樓)[*2]에 오르니
냇둑 따라 너른 길에 오가는 사람은 한가한데
파발(擺撥)을 전하는 말발굽소리 급하구나

봉림사(鳳林寺)[*3] 품은 비봉산(飛鳳山) 줄기는 동쪽을,
국사봉(國祀峰) 우뚝 세운 산마루는 북서쪽을 달리는데,
환한 남쪽으로는 죽포(竹浦)[*4] 돛단배가 그림 같다.

새 이름 남양(南陽)[*5]을 받아 치소(治所)를 이곳으로 옮기며
제갈량(諸葛亮)[*6]의 고향(故鄕) 남양(南陽)과 같이
훌륭한 재상(宰相) 나오라는 간절(懇切)한 소망(所望) 심어
용백사(龍栢祠)[*7]에 위패(位牌) 모시고 향사(享祀)하며,

이 누각(樓閣) 이름도 와룡루(臥龍樓)라 지었구나

남양팔경(南陽八景)*8 중 하나가 "와룡루월(臥龍樓月)"이라 했던가
둥근 달 높이 오르니, 부중(府中) 백성 잠이 들어 고요해
둘러보는 마음도 편안(便安)하여
시구(詩句) 한절 읽어볼까 누각 안을 둘러보다가
걸려 넘어지며 잠을 깨니 꿈이구나
부서져가고 있는 고향의 옛 모습 그리워
향수(鄕愁) 속 잠이 들어 이런 꿈을 꾸었나 보다.

옛 어른 지켜온 뜻 깊은 고을 이름,
"남양(南陽)"
사라져가니 애석(哀惜)하구나

(2011. 10. 15)

*1 : 남양향교―조선 태조 6년(1397) 현재 남양고등학교 자리에 건립하였다가 그 후에 현재 자
　　리로 옮기었음.
*2 : 와룡루(臥龍樓)―현재 남양지서 옆 사이렌 철탑 자리에 있었던 남양부 관아의 남문 위에
　　있던 누각으로 1914. 3 왜정 때 행정구역 개편으로 남양군이 수원군에 편입되어 헐리게 되
　　어 뜻있는 어른들이 현판을 풍화당에서 보관하여 왔으나, 최근 시청에서 박물관을 설치하

여 보관한다고 함(향토사학자 홍승길 선배님의 말씀).

이와는 달리 와룡당(臥龍堂)은 영남교를 건너 시청 쪽으로 약 300m에서 오른쪽 골짜기 와룡골 당산에 있었는데 국사봉으로 옮겼다고 함(위 홍승길 선배님과 임재규 선배님의 말씀).

*3 : 봉림사(鳳林寺)-신라 진덕여왕(647~654) 때 법력으로 고구려와 백제의 침략을 막기 위해 지었다.

*4 : 죽포(竹浦)-갈대(佳竹)가 무성하여 가죽리(佳竹里 현재 新南里)에 있던 포구.

*5 : 남양(南陽)-고려 충선왕(忠宣王) 2년(1310) 남양부(南陽府)라 하였음.

*6 : 제갈량(諸葛亮, 181~214)-자는 공명(孔明), 중국(中國) 촉한(蜀漢)의 정치가(政治家), 전략가(戰略家). 명성이 높아 와룡선생(臥龍先生)이라 일컬어졌다. 유비(劉備)로부터 삼고초려(三顧草廬)의 예(禮)로써 초빙(招聘)되어 천하삼분지계(天下三分之計)를 진언(進言)하고, 군신수어지교(君臣水魚之交)를 맺었다. 유비(劉備)가 제위(帝位)에 오르자 재상(宰相)이 되었다.

*7 : 용백사-조선 현종 7년(1666) 남양부사 민기중(閔耆重)이 건립하여 제갈량(諸葛亮), 호안국(胡安國), 윤계(尹棨)의 위패(位牌)를 모시고 향사(享祀)를 하던 사당. 남양현읍지(南陽縣邑誌) 도면(圖面)에는 와룡사(臥龍祠)라고 표기(表記)되어 있음.

*8 : 남양팔경-국봉관해(國峰觀海) 태산망경(太山望京) 연지세우(蓮池細雨) 백사귀운(栢祠歸雲) 죽포귀범(竹浦歸帆) 금산낙조(金山落照) 봉림사종(鳳林寺鐘) 와룡루월(臥龍樓月).

꿈과 구름

꿈은 파란 하늘 흰 구름같이 아름답고
그릴 수도, 말할 수도 없으나
무지개와 같이 곱다.

꿈을 품고 있으면
피어나는 들꽃같이 이뤄진다.

청운(靑雲)의 꿈을 품어보지는 못했으나,
흘러가는 구름을 즐겨 보며 자랐다.
시오리 학교길 오가며 언덕 위에 앉아서,
논밭 일하다 힘들어 고개 들고 쉬면서,
어머니 모습 뒤로하며 눈물 멈추려고.

태어나고 사라짐, 불의로 얻은 재산과 명예
다같이 뜬구름(浮雲)[*1]처럼
덧없는지는 아직 모른다.

"너희 늙은이들은 꿈을 꾸리라"[*2]
성령님의 계시(啓示)로 믿고
꿈을 자꾸 꾸고 싶다.

꿈속에 시(詩)를 짓고
시(詩) 속에 꿈을 그리니
꿈에서와 같이 즐겁다.

(2011. 10. 17)

*1 : 부운(浮雲)—*생야일편부운기 사야일편부운멸(生也一片浮雲起 死也一片浮雲滅) 태어남
　　은 한 조각 구름이 일어남이오 죽음도 한 조각 구름이 사라지는 것 〈나옹(懶翁) 화상(和
　　尙)의 누님이 지은 선시(禪詩) 중〉 *불의이부차귀 어아여부운(不義而富且貴 於我如浮雲)
　　옳지 못한 부귀영화 내게는 뜬구름 같다. 〈논어(論語) 술이편(述而篇)〉
*2 : 사도행전 2장 17절 말씀 중 자녀들은 예언할 것이요. 젊은이들은 환상을 보고 늙은이들은
　　꿈을 꾸리라.

젊음을 즐긴다

곱게 물든 단풍잎 물결
텔레비전 화면을 보고 있으면
비록 설악산 오르지 못할 망정
마음은 벌써 향기에 젖는다.

보이는 것이 껍데기라면
생각하는 것은 알맹인가
보며 기뻐하고 생각하며 즐거워하니
모두 아름답구나

곱게 물든 단풍잎도
희끗희끗한 바위와 잘 어울린다
보고 있자니 마음은 달려가
걷기도 하고 뛰기도 하며 젊음을 즐긴다.

(2011. 10. 20)

법 이야기

법(法)을 아는 사람보다, 법을 모르는 사람이 더 착하다.
아는 사람은 피해 가고, 모르는 사람은 지키려 조심한다.

법을 아는 사람은 선(線) 가까이를 걷다가 슬쩍 밟지만,
법을 모르는 사람은 아예 선(線)과 넉넉한 거리를 두고 걷는다.

법(法)은 글자 그대로, 흘러가는 물과 더불어 살아가는 것,
그래서 법은 사람과 어울려 살아갈 수 있어야 한다.

법은 강자(强者)는 보호(保護)해 주고,
약자(弱者)는 피(避)하여 간다.
그러나, 다 그렇지는 않다.

(2011. 10. 25)

술 이야기

암죽 미처 못 만들었는데 보채어 떠먹였더니
잠을 자더라는 것이 나의 첫 술

탈곡(脫穀)을 하면서 땀방울 섞인 술
논 훔치기하면서 둑에서 마시던 술

맥주(麥酒)는 말 오줌 같아서
양주(洋酒)는 송진 내가 나서 싫고

술은 역시 때묻은 앞치마 주모(酒母)
목로에서 따라주는 것이 제일

(2011. 10. 26)

돈 이야기

돌고 돌아 돈이란다.
할머니는 남의 빚 보(保─保證) 서지 말라셨다.

"황금 보기를 돌같이 하라."[1] 하지만,
내 주머니에 돈 있으면,
추워도 춥지 않고, 더워도 덥지 않으며,
먹지 않아도 배고프지 않더라.

돈 꾸러 다니지 않고 사는 것, 소박한 바람
지내고 보니 지혜(智慧)의 말씀이었네
"가난하게도, 부하게도 마시옵고,
오직 필요한 양식으로 먹이시옵소서."[2]

(2011. 10. 27)

*1 : 최영 장군 아버지의 말씀
*2 : 잠언 30장 8절 말씀 중

자던 침

여름, 논에서 일한 뒤면 거머리에 물리고
물리고 나면 며칠 동안 가렵다.

잠결에 수없이 긁다가 잠이 깨면
어머니는 자던 침을 발라줬다.

종아리가 가려워 약을 발라도 소용 없자
어머니의 자던 침이 생각나 발랐다.

자고 나니 가려움이 말끔히 사라졌다
어머님이 왔다 가셨나 보다.

(2011. 10. 28)

믿음 이야기

사람과 사람 사이에 태어난 사람의 말씀
하나님과 사람 사이에 태어난 하나님의 말씀

사람의 말씀은
사람이 고난(苦難) 끝에 깨달은 진리

하나님의 말씀은
가정(假定)을 거쳐서야 믿을 수 있는 진리

하나님의 말씀은
사람의 말씀을 배우고 나서 배워야 한다.

(2011. 10 28)

사랑 이야기

양지바른 담장 아래서 이웃집 순애와 소꿉장난
그녀는 엄마, 나는 아빠
고운 단풍잎 좋아하는 모습, 그렇게 좋았지

남의 고통을 봐 넘기지 못하는 마음[1]
이웃을 내 몸과 같이 여기는 마음[2]
내가 바라지 않는 일 남에게 강요하지 않는 마음[3]

흘러가는 구름,
피어나는 꽃을 보며
주거니 받거니 재잘대는 것이 사랑인 듯

(2011. 10. 28)

*1 : 불인인지심(不忍人之心), 맹자 공손축 상(孟子 公孫丑 上)
*2 : 마태복음 19장 19절 말씀
*3 : 기소불욕(己所不欲) 물시어닌(勿施於人)―論語 衛靈公篇

독립기념관(獨立記念館)에서

흑성산(黑城山) 기슭 양지바른 자리,
금계(金鷄)가 알을 품고 후손의 영광을 기다리는 자리에[*1]
빼앗긴 나라 되찾으려 목숨 바치신 영령의 체취(體臭)를 모아
독립기념관(獨立記念館) 세웠도다.

해 아래 피어났다 사라지는 민족과 나라를 위해
스러져 간 의로운 임들이시여
편안히 잠드소서
후손들의 영광을 굽어보소서

이 땅에 오 백 년 피어 있던 조선(朝鮮)
섬나라 도적(盜賊)에게 빼앗겨
다시 찾기 위해 총칼로, 필설(筆舌)로, 만세로
피 흘리신 영령(英靈) 님들이시여!

임의 아들 딸이요, 동생인 우리들
나라를 위하여 무엇을 했는가
땅은 남북으로 쪼개지고, 마음은 동서남북으로 갈라졌음
송구(悚懼)스러워 고개 숙여집니다.

이른 새벽부터 늦은 밤까지
나라와 민족을 위하여 기도하는 손
"어느 민족이나, 나라를 뽑거나 부수거나 멸하심"*²
"모든 민족 위에 뛰어나게 하심"*³

모두가
하나님의 손에 달려있는 것을
우리는 보았도다, 들었도다,
그리고 믿고 있노라.

(2011. 10. 29)

*1 : 금계포란지형(金鷄抱卵之形)
*2 : 예레미아 18장 7절~8절 말씀
*3 : 신명기 28장 1절 말씀

유관순 열사 사적지 둘러보며

하늘 아래 편안한 마을 천안(天安), 아우내(竝川)
매봉산(梅鳳山) 기슭 초가집 안에 별 하나 태어났네
반만년 이어온 배달민족(倍達民族), 오백 년 지켜온 조선(朝鮮)
섬나라 도적(盜賊)에게 짓밟히고 빼앗긴 이 땅에.

어린 소녀 유관순(柳寬順)[1] 누나는
조선의 '잔다르크' 가 되기를 기도하면서
천안(天安), 연기(燕岐), 청주(淸州), 진천(鎭川) 밤낮 없이
태극기 나눠주며 만세운동으로 나라 찾자고 손발이 멍들었네

아우내 장날(1919.4.1)
부르는 만세 소리는 거리마다, 마을마다, 봉우리마다
삼천리(三千里) 방방곡곡(坊坊曲曲) 퍼져 나갔고
우리는 되찾은 나라에서 자유를 누리도다.

어린 소녀 '잔다르크'[2]는 천사의 계시를 받아
백 년이 넘도록 이어진 전쟁
흰 갑옷 입고 병사들 앞에서 지휘
프랑스를 구원(救援)한 소녀

베냐민 지파의 고아 소녀 에스더[3]
페르시아 아하수에로 왕비가 되었어도
모든 유다인을 죽이려는 하만의 음모를
"죽으면 죽으리다."[4] 동족(同族)을 구해낸 어린 왕비

여자는 약하나, 어머니는 강하다.
그러나 응답 받은 소녀는 더더욱 강하도다.
에스더가, 잔다르크가 그러했고
우리의 영원한 누나가 그러했도다.

여기 저기 이름 석자 써 있을 뿐
누구 하나 불러주는 사람 없어 외로운 이름이여
우리는 힘차게 부르노라
유관순 누나여 유관순 누나여

부르는 소리는 태어난 초가집,
첫걸음 향하던 교회, 아우내 장터,
매봉산 마루, 초혼묘, 추모각,
두루 울려 퍼져도 대답이 없네

동강난 땅에서 설움에 겹도록 부르노라
송구(悚懼)한 마음으로 부르노라
한 일 없이 머리만 희어진 우리들
유관순 누나여! 유관순 열사(烈士)여!

(2011. 10. 29)

*1 : 유관순(柳寬順, 1902. 12. 16~1920. 9. 28)—부 유중권(柳重權)과 모 이소재 사이에 둘째
　　딸로 태어남
*2 : 잔다르크(1412~1431)—프랑스와 잉글랜드 사이에 백년전쟁(1337~1453) 때 프랑스를 구
　　해낸 소녀
*3 : 에스더—베냐민 지파 하비하일의 딸로 고아가 되자 사촌오빠 모르드개의 도움으로 성장
　　함. 페르시아의 아하수에로왕(B.C 485~465)의 왕비
*4 : 에스더 4장 13절~16절 말씀을 증거하시는 수원제일감리교회 아브라함선교회 이광직(李
　　光稙) 회장님의 설교를 듣고.

항상 함께

소꿉동무
양지바른 담장 아래
조개껍질, 진흙, 단풍 한 살림

어깨동무
양팔 어깨에 얹고 발맞추며
엄마 팔아 동무 샀지

끼리끼리
등산, 답사(踏査) 좋아하며
가고 오며 주고받던 즐거움

항상 함께(同行)
다들 떠나간 빈 자리에
항상 함께 하신다며 다가오신 임

(2011. 10. 30)

*창세기 28장 15절 말씀 중

모과를 보며

노랗게 익은 모과(木瓜) 한 소쿠리
뒤란 나무에서 방금 딴 것이란다.

까맣게 잊었구나
걷기 불편해 뒤란에 가질 못했다.

잎이 피어나면 잎을 보고
연분홍 꽃이 피면 수줍었지

파란 열매가 노랗게 익어가면
주고받은 이야기는 깊어졌지

보아주지 않아도 홀로 성숙한
한 개 한 개가 대견하구나

(2011. 11. 1)

누군가 무덤에서

연희 아범이 연희를 데리고 들어와
연실 대문 밖을 내다보며
누군가 무덤에서 삼일 뒤에 온단다.

검은 커튼 뒤 캄캄한 대문 밖에는
권면(權勉)이와 일면(壹勉)이가 함께 있다가
올 사람을 모시고 올 거란다.

사촌 형과 같이 있다는
일면이가 듬직하다.
깨어 보니 꿈이다.

(2011. 11. 2)

셋이 하나 되어

광교보리밥집에서 밥 나오기를 기다리며
마른 낙엽 위로 내려앉는 곱게 물든 단풍잎
한 잎을 주워 좋아하고 있는데

어린 아이가 한 장을 가지고 와서 준다
책갈피에 넣으며 몇 살이야 하니
손가락 다섯과 또 다른 손가락 하나를 편다.

너와 나는 말 아니 하면서도
고운 단풍잎과 셋이 하나 되어 기쁘고 즐거운데
다 자랐다는 듯 엄마 아빠는 눈길 한 번 안 준다.

(2011. 11. 5)

감나무에 앉은 까치

알록달록 곱게 물들어가는 잎사귀
둥글고 누런 감이 열린 감나무
새까맣고 새하얀 옷을 입은 까치

감을 딸 때면 두서너 개
까치밥으로 남겨놓아라
다 따면 가난하게 산다고 당부하신 할머니

쥐를 위해 밥을 남기라.[1]
뜨거운 물 식혀서 버려라.
부엌에서 흘러 나오는 어머니의 당부

"포도원의 열매를 다 따지 말라
가난한 사람을 위하여 버려두라."[2]
잊지 말아야 할 귀한 말씀

(2011. 11. 9)

*1 : 위서상류반(爲鼠常留飯)—채근담(菜根譚)에서
*2 : 레위기 19장 10절 말씀

이 또한 지나가리라

승리 뒤에 교만, 패배로 낙심할 때 용기와 희망을 줄 글귀
"이 또한 지나가리라. (This, too, shall pass away)"[1]

"비상한 즐거움 뒤, 헤아릴 수 없는 근심을 방비하라."[2]
"기뻐함이 심하면 반드시 심한 근심을 가져온다."[3]

기쁘다고 기뻐할 일 아니오 슬프다고 슬퍼만 할 것 아니다.
"고생이 다하면 즐거움이 오고, 흥함이 다하면 슬픔이 온다."[4]

기쁠 때 슬픔을, 슬플 때 기쁨을 기억하며
이렇게 살아갈 일이다.

(2011.11.11)

[1] : 유대교 경전 주석서 미드라쉬(Midrash)에 '다윗 왕의 반지'
[2] : 이미 비상한 즐거움을 취했거든 모름지기 헤아릴 수 없는 근심을 방비할 것이니라(旣取非
　　常樂 須防不測憂 景行錄 明心寶鑑 省心篇 上)
[3] : 기뻐함이 심하면 반드시 심한 근심을 가져온다(甚喜必甚憂 景行錄 明心寶鑑 省心篇 上)
[4] : 고생이 다하면 즐거움이 오고 흥이 다하면 슬픔이 온다(苦盡甘來 興盡悲來)

항아리 두 개

내 마음 속 간직한 항아리 두 개
하나는 처벌받은 죄가 들어 있고
다른 하나는 지은 죄가 들어 있단다.

첫째 항아리 뚜껑을 여니 비어 있다.
둘째 항아리 뚜껑을 여니 안경 두 개가 있는데
양심의 안경과 율법의 안경이다.

양심의 안경을 쓰고 들여다 보니 비어 있다.
율법의 안경을 쓰고 들여다 보니,
초저녁 별과 같이 하나하나 보이더니 하늘 가득 하다.

나 같은 죄인
때마다 일마다 돌봐주신 은혜
내 잔이 철철 넘치나이다.

(2011. 11. 13)

* "죄가 더한 곳에 은혜가 넘쳤나니" (로마서 5장 17절에서 21절) 말씀을 증거하신 수원제일감
  리교회 이정찬 담임목사님의 설교를 듣고

송홍만 제15시집

새어 나오는 웃음

•

지은이 / 송홍만
발행인 / 김재엽
발행처 / 한누리미디어
디자인 / 지선숙

•

121-840, 서울시 마포구 서교동 395-13 서원빌딩 2층
전화 / (02)379-4514, 379-4519
Fax / (02)379-4516
E-mail/hannury2003@hanmail.net

•

신고번호 / 제300-2006-61호
등록일 / 1993. 11. 4

•

초판발행일 / 2011년 12월 1일

•

ⓒ 2011 송홍만 Printed in KOREA

•

값 8,000원

•

※잘못된 책은 바꿔드립니다.

•

ISBN 978-89-7969-405-5   03810